Sign a declaration renouncing the American arts and denouncing the declaration of the American flour. This means a cut of six million dollars income this month.

After a day consideration this afternoon, decide resolve that I am right in signing the declaration. Because we are against American policy to support Japan and it appeal to the direct execution (me, in spirit), we should like [to] share the responsibility. Give a dinner party for those people who are leaving for America. Meet Mrs. 洋委員 this morning. He is rather vulgar. Do like his brother.

佳日 土 晴 ×

傅君は少し U.g. である。魯迅を排撃するのが 要里する である。平に宮台以 毛毛ばと もうる。傅是列は 国新 であり、それに 対する 一般的 反対動 は必至的で よ い と 信ずる。平に 刊到ずの 偏靜に 仕ぶ 做れ もの で あ る。

20th. Sun Fine ○

朱自清坚持每天写日记，用中英日三种语言书写。图为日记手迹

1948年，朱自清、陈竹隐与幼女朱蓉隽在颐和园

朱自清自编文集

犹贤博弈斋诗钞

朱自清 著

广陵书社

图书在版编目（CIP）数据

犹贤博弈斋诗钞 / 朱自清著. -- 扬州：广陵书社，
2018.7（2022.1 重印）
（朱自清自编文集 / 陈武主编）
ISBN 978-7-5554-1016-4

Ⅰ. ①犹… Ⅱ. ①朱… Ⅲ. ①诗集－中国－现代
Ⅳ. ①I226

中国版本图书馆CIP数据核字（2018）第105742号

书　　名　犹贤博弈斋诗钞
著　　者　朱自清　　　　　丛书主编　陈　武
责任编辑　金　晶　　　　　特约编辑　罗路晗
出 版 人　曾学文　　　　　装帧设计　鸿儒文轩·书心瞬意

出版发行　广陵书社
　　　　　扬州市四望亭路 2-4 号　　邮编：225001
　　　　　http://www.yzglpub.com　　E-mail:yzglss@163.com
印　　刷　三河市华东印刷有限公司

开　　本　787mm×1092mm　　1/32
字　　数　85 千字
印　　张　5.5
版　　次　2018 年 7 月第 1 版
印　　次　2022 年 1 月第 2 次印刷
书　　号　ISBN 978-7-5554-1016-4
定　　价　35.00 元

目录

2

补　遗

自　序

　　昔曹子建有言："有南威之容，乃可以论于淑媛；有龙泉之利，乃可以议于断割。"斯论尚矣。余以老泉发愤之年，僭大学说诗之席，语诸生以巧拙，陈作者之神思，而声律对偶，劣得皮毛；甘苦疾徐，悉凭胸臆。搔痒有隔靴之叹，举鼎殷绝膑之忧。于是努力桑榆，课诗昕夕，学士衡之拟古，亦步亦趋；讽惜抱所钞诗，惟兢惟业。暇日苦短，微愿不偿，终一曝而十寒，有寸进而尺退。岁星周天而复始，诗章大衍而不盈。洎夫卢沟肇衅，衡岳栖身，断简残编，香灭烬绝。惟时望燕云而驰想，抚萍迹以抽思。俄而西迁滇海，南放漓江，穷山水之恢奇，信舟楫之容与。其间独咏写怀，联吟纪胜，偶有成篇，才堪屈指，盖其诗功之浅，有如是者。迨抗战之四岁，惟及瓜而一休，随妇锦城，卜居东郭，警讯频传，日懔冰渊之戒；生资不易，时惟冻馁之侵，白发益滋，烦忧徒甚。则有萧君公权者，投以生朝之作，触其中路之悲，于是翰墨相将，唱酬无斁，诗简往复，便尔经年，古律参差，居然成帙。忆云生云："不为无益之事，何以遣有涯之生?"曩者退食自公，逢场作戏，斗叶子于斗室，结胜侣于名区。尔则萧条穷巷，难招入幕之宾；羞涩阮囊，莫办寻山之具。惠而不费，惟游戏于文章；应而相求，庶肸蠁其声气。于是飞章叠韵，刻骨攒眉，渐知得失之林，转成酸苦之癖。自后重理弦歌，不废兹事。惟是中年忧患，不无危苦之词；偏意幽玄，遂多戏论之类，未堪相赠，只可自娱，画蚓涂鸦，题签入笥，敢云敝帚之珍，犹贤博弈之玩云尔。

民国卅五年七月朱自清序于成都。

漓江绝句[①]

其 一

招携南渡乱烽催，磹磹湘衡小住才。
谁分漓江清浅水，征人又照鬓丝来。

其 二

龟行蜗步百丈长，蒲伏压篙黄头郎。
上滩哀响动山谷，不是猿声也断肠。

上水船

---

① 此四诗作于 1938 年 2 月 25 日朱自清自长沙南下赴昆明途经广西南宁时。刊于 1948 年 10 月《文学杂志》第三卷第五期。

其　三

九折屏风水一方，绝无依傍上穹苍。

妃黔俪白荆关笔，点染烟云独擅场。

画山

其　四

皮鼓蓬蓬彻九幽，百夫争扛木龙头。

齐心高唱祈年曲，自听劳歌自送愁。

龙门夜泊观神赛

1938 年南宁作

南岳方广道中寄内作①

勒住群山一径分，乍行幽谷忽干云。

刚肠也学青峰样，百折千回却忆君。

1939 年作②

---

① 此诗作于 1937 年 12 月 17 日，记 12 月 11 日至 13 日登南岳衡山事。刊于 1948 年 10 月《文学杂志》第三卷第五期。

② 稿本诗题后有"廿八年作"字样。此"廿八年"与"1939 年"疑为笔误，又或为修改日期。

题白石山翁作《墨志楼刊经图》①

其　一

色空了了俱无碍，一卷心经摄万喧。
应是解人难觅得，只凭顽石寄微言。

其　二

百炼钢成绕指柔，纵横铁笔压神州。
山翁意气无前古，今见薪传墨志楼。

1940 年成都作

---

① 　此二诗作于 1940 年下半年朱自清在成都休假时。

题白石山翁为墨志楼主作《万里归帆图》①

其 一

曾是边陲百战身，竭来湖海漫游人。
慈亲色笑朝朝共，客子生涯事事新。

其 二

访罗书画日不足，刻划金石愿无违。
一朝兴尽理归棹，江流浩淼片帆肥。

---

①　此二诗作于 1940 年下半年朱自清在成都休假时。

重九邓晋康主任招饮康庄①

其 一

将军有丘壑，小筑百花潭。

松竹自多胜，风流昔所谙。

逢辰集健侣，对酒唱高谈。

异日烽烟静，追思此味醰。

其　二

意多嫌世短，况值百端新。
西陆龙蛇起，东夷狐鼠亲。
同心愿久视，戮力靖嚣尘。
国庆明朝又，举杯寿万春。

公权四十三岁初度，有诗见示。忝属同庚，余怀怅触，依韵奉酬①

其 一

卅年今见海扬尘，劫里凭谁问果因？
猿鹤沙虫应定分，白云苍狗漫疑真。
荆榛塞眼不知路，风雨打头宁顾身。
安得巨灵开世界，再抟黄土再为人。

---

① 此三诗作于 1940 年 12 月朱自清在成都休假时，刊于
1948 年 10 月《文学杂志》第三卷第五期。

其　二

堂堂岁月暗消磨，已分无闻井不波。
八口累人前事拙，一时脱颖后生多。
东西衣食驴推磨，朝夜丹铅鼠饮河。
剩简零编亦何补？且看茅屋学牵萝。

其　三

与君难得旧相知，贻我连篇慷慨辞。
尽有文章能寿世，那教酒脯患无赀。
书生本色原同病，处士高风夙所迟。
咫尺城闉艰一面，天寒日短苦萦思。

得逖生书作，次公权韵①

其　一

见说新从海上回，一时幽抱为君开。

彩衣逶迤归亲舍，絮语依微傍镜台。

岂肯声光闲里掷，不辞辛苦贼中来。

匹夫自有兴亡责，错节盘根况此才。

---

① 此二诗作于 1941 年 3 月 8 日朱自清在成都休假时。

其 二

里巷愔愔昼掩扉，狂且满市共君违。
沐猴冠带心甘死，逐鹿刀锥色欲飞。
南朔纷纷丘貉聚，日星炳炳爝光微。
沉吟曩昔欢娱地，犹剩缁尘染敝衣。

过公权守愚郊居[①]

春城如海不关渠，乘兴来寻二仲居。
宿疾萦心筋力在，盘餐兼味笑谈馀。
爬梳旧梦颜能驻，拊掌时流习未除。
世变几人相呴沫，清言胜读十年书。

---

① 此诗作于 1941 年 3 月 16 日朱自清在成都休假时。

寄小孟，次公权韵①

贫病相寻意兴悭，栖栖倦翮未飞还。
屠龙手有风云气，戴笠人逢饭颗山。
百岁客居当贵我，一官匏系且偷闲。
君房语妙兼天下，伏枕维摩应解颜。

---

① 此诗作于 1941 年 3 月 29 日朱自清在成都休假时。

夜　坐①

其　一

挂眼千家黑，娱魂一焰青。
群齅成隔世，瘦影独横经。
日出还生事，天高有铩翎。
猖狂勿相警，微尚付沉冥。

---

① 　此二诗作于 1941 年 4 月 5 日朱自清在成都休假时，刊于 1948 年 10 月《文学杂志》第三卷第五期。

其　二

吾生为事畜，廿载骨皮存。

圭角磨看尽，襟怀惨不温。

追欢惭少壮，守道枉朝昏。

剩学痴聋老，随缘寐莫喧。

圣陶为言今年少城公园海棠甚盛，恨未及观。逮公权见和之作，有"各自看花一畅言"语，再叠前韵奉答，并示圣陶[①]

闭门拼自守穷悭，车马街头任往还。
春讯委蛇来有脚，忧端㶁洞欲齐山。
城南锦帐空传道，西蜀名花付等闲。
苦忆旧都三四月，几回绕树笑酡颜。

---

① 此诗作于 1941 年 4 月 7 日朱自清在成都休假时。

圣陶颇以近作多苦言为病，试为好语自娱，兼示圣陶、公权，三叠颜字韵[①]

此生未合恨缘悭，饱阅沧桑抵九还。
天上重开新日月，人间无限好江山。
惊心战士三年血，了事痴儿四体闲。
竞说今春佳气盛，烟尘长望莫摧颜。

---

① 此诗作于 1941 年 4 月 14 日朱自清在成都休假时。

成都有作舞会者，因忆清华园旧事，
戏柬小孟，即次见和韵①

裙屐蹁跹迹已陈，频年判袂走风尘。
逢场作戏童心灭，逐处为家白发新。
病起应嗟髀上肉，路遥难共蜀西春。
华园旧侣多才艺，馀事成诗亦胜人。

①　此诗作于 1941 年 4 月 15 日朱自清在成都休假时。

公权寄示《呓语》二章，叠颜字韵奉答[①]

信有高言破众悭，飘然尘外羽衣还。
旧乡临睍隍中梦，云气低徊海上山。
炊熟尽成无量劫，河清能得几生闲？
蟪蛄只解贪朝暮，岳岳儒冠照苦颜。

---

① 此诗作于 1941 年 4 月 16 日前后朱自清在成都休假时。

公权寄和近作，辞意新警，感慨遥深，雒诵再三，情难自已。辄取诗中语成《明镜》一章，倒叠颜字韵奉酬①

繁霜压鬓换朱颜，千里鱼行岂自闲。

仰屋有人馀作茧，埋忧无计只看山。

苍天板板高难问，白水滔滔逝不还。

炙輠凭教劳笔舌，镜中争奈带围悭。

---

① 此诗作于 1941 年 4 月 20 日朱自清在成都休假时。

近怀示圣陶①

少小婴忧患，老成到肝腑。

欢娱非我分，顾影行踽踽。

所期竭驽骀，黾勉自建树。

人一己十百，遑计犬与虎。

涉世二十年，仅仅支门户。

多谢天人厚，怡然嚼脩脯。

山崩溟海沸，玄黄战大宇。

健儿死国事，头颅掷不数。

弦诵幸未绝，竖儒犹仰俯。

累迁来锦城，萧然始环堵。

索米米如珠，敝衣馀几缕。

---

① 此诗作于 1941 年 4 月 22 日朱自清在成都休假时。

老父沦陷中，残烛风前舞。
儿女七八辈，东西不相睹。
众口争嗷嗷，娇婴犹在乳。
百物价如狂，踉蹡孰能主？
不忧食无肉，亦有菜园肚。
不忧出无车，亦有健步武。
只恐无米炊，万念日旁午。
况复三间屋，蹙如口鼻聚。
有声岂能聋，有影岂能瞽？
妇姹逐鸡狗，攫人如网罟。
况复地有毛，卑湿丛病蛊。
终岁闻呻吟，心裂脑为盬。
赣鄂频捷音，今年驱丑虏。
天不亡中国，微忧寄干橹。
区区抱经人，于世百无补。
死生等蝼蚁，草木同朽腐。
蝼蚁自贪生，亦知爱吾土。
鲋鱼卧涸辙，尚以沫相呴。
勿怪多苦言，喋喋忘其苦。
不如意八九，可语人三五。
惟子幸听我，骨鲠快一吐。

逖生来书，眷怀清华园旧迹，
有"五年前事浑如一梦"语，
因成长句，寄逖生、化成[①]

茅檐坐雨苦岑寂，发书三复如快晴。
满纸琐屑俨晤对，五年前事增眼明。
群居休沐偶佳抱，叶子四色盈手轻。
各殚智巧角胜负，一往不觉宵峥嵘。
浦子此中斫轮手，寝馈甘苦精权衡。
兴来更学仙山舞，周旋进止随鼓鸣。
觩然角弓或张弛，无益聊遣有涯生。
王子觥觥最好客，广庭夏屋来众英。

---

① 此诗作于1941年4月28日朱自清在成都休假时。

绿草芊绵敷坐软，高柳窈窕悬镫莹。
入室汪洋陂十顷，照坐依稀镜一泓。
主人绝技汤团擅，流匙滑口甘如饧。
大蔵长鱼续罗列，座上朵颐肠欲撑。
尚忆当年作除日，登场粉墨歌喉清。
鳅生蟹矗逐履舄，平话唠叨供解酲。
逸兴遄飞夜既午，新岁旧岁相送迎。
门前执手道珍重，低徊踯躅难为行。
五年忧患压梦破，故都梦影森纵横。
摭拾破碎胜无有，刺刺敢辞痴人名。

初作长句，寄示公权求教，戏滕一绝。
新词变体学《离骚》，公权定风波句也①

新词变体学《离骚》，长句初成笔颤毫。
举鼎自知应绝膑，先生有兴肯吹毛？

---

① 此诗作于 1941 年 4 月 28 日朱自清在成都休假时。

再叠颜字韵答公权戏赠之作，
兼谢观澄先生[①]

梧鼠心知五技悭，抛砖好语掷珠还。

天孙锦美针无迹，笔阵图成篑覆山。

秩秩足音传空响，啾啾蚓唱倚身闲。

忽闻匠石求樗栎，只供狂醒一赧颜。

---

① 　此诗约作于 1941 年 5 月 9 日前后朱自清在成都休假时。

赠圣陶①

平生游旧各短长，君谦而光狷者行。

我始识君歇浦旁，羡君卓尔盛文章。

讷讷向人锋敛铓，亲炙乃窥中所藏。

小无町畦大知方，不茹柔亦不吐刚。

西湖风冷庸何伤，水色山光足彷徉。

归来一室对短床，上下古今与翱翔。

曾无几何参与商，旧雨重来日月将。

君居停我情汪洋，更有贤妇罗酒浆。

嗟我驰驱如捕亡，倚装恨未罄衷肠。

---

① 此诗作于 1941 年 5 月 10 日朱自清在成都休假时。刊于 1948 年 10 月《文学杂志》第三卷第五期。

世运剥复气初扬，咄尔倭奴何猖狂。
不得其死者强梁，三年血战胜算彰。
烽火纵横忽一乡，锦城东西遥相望。
悲欢廿载浩穰穰，章句时复同参详。
百变襟期自堂堂，谈言微中相扶匡。
通局从知否或臧，为君黾勉图自强。
浮云聚散理不常，珍重寸阴应料量。
寻山旧愿便须偿，峨眉绝顶倾壶觞。

圣陶示《偶成》一章，超世而不出世，所感甚深，即次原韵奉答，并效其体[①]

骍衍谈天识世变，陶公饮菊期年长。

达观无可无不可，日用知常守其常。

破山雷霆响未彻，嘬肤蚊蚋痒难忘。

米盐事殚酸生活，方寸心亦今战场。

---

① 此诗作于1941年5月12日朱自清在成都休假时。

公权寄示戏赠小孟之作，即次其韵[①]

萧君示我诗，称君得妙悟。

割爱淡芭菰，并意必我固。

袈裟欠一领，便欲到圣处。

尘网苦缠人，身沉孰能去。

惟君仗慧剑，一决断万虑。

明镜固非台，菩提亦无树。

直指见本心，寂然泯去住。

月华双照烁，惟是眼懵故。

风幡各飘摇，惟是心动故。

---

① 此诗作于 1941 年 6 月 3 日朱自清在成都休假时。

见性自相非，得道何须助。

成亏馀等闲，空有归吐茹。

卓立示化身，旋看脱顽痼。

嗟我斗筲人，愁心幻如絮。

衣食横罿锁，沉吟阅朝暮。

触处成墙面，徘徊不能步。

安得从君游，俾我忘喜怒。

为某女士题纪念册①

叶叶长看墨沈新，一时俊彦此留真。

句图历落如珠颗，供养三生慧业人。

---

　①　此诗约作于 1941 年 6 月初朱自清在成都休假时。

伯鹰有诗见及，次韵奉酬[①]

其　一

梦痕黯澹杂烟痕，一片江山眼未昏。
惭愧书生徒索米，雕镌文字说冤恩。

其　二

今世书生土不殊，鸡栖独乘日驰驱。
问津未识谁沮溺，登垄争看贱丈夫。

---

① 此二诗约作于 1941 年 6 月初朱自清在成都休假时。

答逊生见寄，次公权韵①

其 一

几日天河见洗兵？杜陵心事托平生。

旧都历劫残宵梦，佳节思乡戞玉声。

倚涧苍松得地厚，朝阳丹凤待时鸣。

雄才小试还乡记，已看文无一笔平。

---

① 此二诗约作于 1941 年 6 月 6 日朱自清在成都休假时。

其 二

齿牙分惠并标题，狡狯庄生论物齐。
斥鷃有心随凤鸟，人间何处得天梯。
渊冰凛凛酬高唱，风雨潇潇听晓鸡。
欲颂中兴才力薄，妖乌坐看已沉西。

公权戏赠二绝，次韵奉酬①

其 一

浪学涂鸦昧法程，无端羽族独钟情。
禽言啁哳榆枋际，那识雍容凤哕声。

其 二

物外高吟百尺坛，幽人论世总从宽。
养禽只合谋升斗，未敢培风学乘鸾。

---

① 此诗作于 1941 年 6 月 7 日朱自清在成都休假时。

夏夜次公权韵[①]

电舌破天时一吐，望穿万眼无滴雨。

抛书分得农圃忧，敢言肥瘠非吾土。

挥汗还沾葛衣透，摇篷难驱众蚊语。

一身辛苦何足道，所忧衣食民父母。

忆昔浙中山映水，举家矮屋听更鼓。

绕屋水田热比汤，昼夜熏蒸那谊暑。

田中蚊蚋伸长喙，嘬人辄病十之五。

呛鼻浓烟徒木屑，遮风斗帐枉絺纻。

蚊阵长驱可奈何，任凭宰割肉登俎。

———————————

①　此诗作于 1941 年夏朱自清在成都休假时，刊于 1948 年
10 月《文学杂志》第三卷第五期。

天地不仁古所叹，喋喋何当穷墨楮。
侵肤潦热生创痏，彻旦呻吟摩臂股。
当时眼孔如豆大，切齿蹙眉不胜苦。
自从移家入旧都，蠢尔丑类莫余侮。
名园暑夕清风生，促坐不劳挥玉麈。
镫明夜静独摊书，片语会心色飞舞。
窗外婀娜摇细竹，壁间窸窣鸣饥鼠。
解渴已办冰梅汤，沁人齿颊一丝酾。
平生知慕马少游，此情合入无双谱。
读倦开门自盘散，高树微凉侵肺腑。
相逢不寐人两三，疊疊清谈忘夜午。
苦乐相形只及身，庶民饥寒岂关汝。
御侮今知赖众擎，匹妇匹夫宜得所。
足衣足食安危系，奈何连年成饥阻。
但愿人定回雨旸，千仓万箱盈天府。

次韵公权寄怀①

裈中一虱蠕蠕起，数墨寻行缘蜀纸。

四十三年断梗因，一往苍凉黯罗绮。

中年哀乐不由人，障目烟尘愁旖旎。

哀梨并剪快无匹，学步邯郸由失喜。

君诗成癖正法眼，嗟我狂禅奚所止。

昔耽博弈今韵言，五雀六燕毋宁似。

无心诗国求人爵，着意风篸消剩晷。

不材未堪为世用，愿学杨生谋重己。

举家飘泊风前絮，歧路纵横雾中花。

---

① 此诗作于 1941 年夏朱自清在成都休假时，刊于 1948 年
10 月《文学杂志》第三卷第五期。

尝闻遣兴莫过诗，石恶自甘贪痿美。

但恨力绌心有馀，枯毫倔强难驱使。

颜回坐忘不可期，排遣牢愁尚赖此。

饾饤字句付诗筒，敢言投桃报以李。

候虫唧唧吟秋砌，六义茫然况四始。

人生相怜亦自怜，从古细民心同理。

兴亡云有匹夫责，索居常畏十手指。

道是堂堂七尺躯，未许偷闲牖下死。

阴晴变幻信多端，世事楸枰凭着子。

穷通呫嗫只费辞，无补时艰何待揣。

吾侪诗为知者道，不足流传供嗷訾。

倡予和汝莫相忘，心声应是无遐迩。

惟君琢磨功日富，出口清圆玉有泚。

跛鳖曳尾泥途中，蹒跚还笑雕虫技。

绍谷书来，谓即携夫人至锦城，因讯近居，赋此寄怀①

其 一

少年同学气如虹，川媚山辉挹不穷。

众里推襟惭只眼，世间垂涕有弯弓。

画眉时倩张郎笔，投辖长钦孟母风。

雍穆一门能醉客，难忘酒醒日生东。

---

① 此二诗作于1941年夏朱自清在成都休假时，刊于1948年10月《文学杂志》第三卷第五期。

其　二

朔南廿载几分驰，断续鳞鸿系梦思。

雅兴平生在湖海，好怀随处得酣嬉。

裨谌谋野看经国，刘晏亲民见远规。

闻道同车来问讯，望江楼畔一轩眉。

将离示石荪，石荪绳离别之苦，劝勿行①

阴晴圆缺古来有，却笑东坡怨不禁。

常住团圞天上月，谁听专一匣中琴。

村居爱数更长短，客至凭斟酒浅深。

彼是相因感世味，新欢久别费沉吟。

---

① 此诗作于 1941 年夏朱自清在成都休假时。

偶　成[①]

应学禅和子，墙头一口横。
生涯成苦笑，日月有吞声。
忍泪稻粱咽，回肠魂梦惊。
襟期东海鳌，馀共井中明。

寿张志和四十九岁生日。志和邛崃人，幼学陆军，辛亥参与革命，洊升师长，驻江津，颇得民望。尝立小学于邛，以纪念其尊人。卸军职后，游历各国，于国际政治盖三致意焉[①]

其　一

少年已尽孙吴妙，一剑纵横与鼎新。

腹有诗书悬史镜，民登衽席乐阳春。

文翁教化能成俗，梓里菁莪为显亲。

觇国还游大瀛海，蟠胸得失自嶙峋。

[①]　此二诗作于 1941 年 8 月朱自清在成都休假时。

其 二

自强不息暮复朝，健步直追时与潮。
谁谓逾年即知命？犹堪短后争射雕。
妻贤儿好家之富，人杰地灵古所昭。
斑衣娱母会宾侣，共醉潇江水满瓢。

滇南临安酸石榴最美，曩在蒙自，驻军方营长曾以见贻，今三年不尝此味矣[1]

避寇犹能谋饮啄，滇南异味石榴酸。

雄姿英发承推食，绛玉魁奇似聚峦。

不数黄柑三百颗，长留微齼一千般。

频年相忆天涯客，薇藿充肠见汝难。

---

① 此诗约作于 1941 年 8 月朱自清在成都休假时。

次韵答公权①

芭蕉照眼喜相过，挥扇谈诗诗有魔。
家国卅年留迹永，才华八斗呕心多。
澄清天下兹馀事，钻仰儒宗列二科。
攻错他山依片石，铅刀从此割如何。

桂　湖①

其　一

流风筇杖仰天南，庙貌湖光此共参。
总录丹铅破万卷，千秋才士论升庵。

其　二

列桂轮困水不孤，玲珑亭馆画争如。
蟠胸丘壑民偕乐，遗爱犹传张奉书。

---

① 此二诗约作于 1941 年 8 月朱自清在成都休假时。

寄怀平伯北平①

其 一

思君直溯论交始，明圣湖边两少年。
刻意作诗新律吕，随时结伴小游仙。
桨声打彻秦淮水，浪影看浮瀛海船。
等是分襟今昔异，念家山破梦成烟。

---

① 此三诗约作于 1941 年 8 月朱自清在成都休假时，刊于 1948 年 10 月《文学杂志》第三卷第五期。

其　二

延誉凭君列上庠，古槐书屋久彷徨。
斜阳远巷人踪少，夜语昏镫意絮长。
西郭移居邻有德，南园共食水相忘。
平生爱我君为最，不止津梁百一方。

其　三

忽看烽燧漫天开，如鲫群贤南渡来。
亲老一身娱定省，庭空三径掩莓苔。
经年兀兀仍孤诣，举世茫茫有百哀。
引领朔风知劲草，何当执手话沉灰。

以《两周金文辞大系图录》贻
墨志楼主人，时将去成都①

其　一

论交存古道，稠叠故人情。
岳岳丘山重，盈盈潭水生。

---

　　①　底本以此二绝句为一首诗，误。此二诗约作于 1941 年 9 月朱自清在成都休假期满即将返回昆明时。

其　二

插架足璆珍，风流异代亲。

吉金三百影，留赠赏音人。

别圣陶，次见赠韵^①

其　一

论交略形迹，语默见君真。
同作天涯客，长怀东海滨。
贪吟诗句拙，酣饮酒筒醇。
一载成都路，相偕意态新。

岷江舟中作

---

①　此二诗约作于 1941 年 10 月朱自清在成都休假期满即将返昆明时。

其　二

我是客中客，凭君慰沉寥。
情深河渎水，路隔短长桥。
小聚还轻别，清言难重招。
此心如老树，郁郁结枝条。

公权次寄怀平伯韵赠别，叠韵奉答[①]

其　一

隽语徒闻物不迁，奈何聚散自年年。

寻山霞客非吾愿，投笔班生已上仙。

千里携家来蜀道，三秋顾影放江船。

乱中轻别真堪悔，回首蓉城一点烟。

---

① 此三诗约作于 1941 年 10 月朱自清在成都休假将返昆明时。

其 二

里仁为美供胶庠，旧苑星罗各徜徉。
食谱精修碑在口，花畦偶过日初长。
碎金照眼难相即，妙手穿杨未可忘。
亦是平生一缘法，经年倡和到殊方。

其 三

乐事诗筒日日开，闭门几度绿衣来。
交疏深酿愁闲味，读罢闲巡砌上苔。
新句瓌奇神忽王，中年慷慨语多哀。
相期酬酢依前例，尚有雕虫意未灰。

好梦再叠何字韵　并序①

　　九月日夕，自成都抵叙永，甫得就榻酣眠，迩日饱
饫肥甘，积食致梦，达旦不绝，梦境不能悉忆，只觉游
目骋怀耳。

　　　　山阴道上一宵过，菜圃羊蹄乱睡魔。
　　　　弱岁情怀偕日丽，承平风物殢人多。
　　　　鱼龙曼衍欢无极，觉梦悬殊事有科。
　　　　但恨此宵难再得，劳生敢计醒如何？

　　　　　　　　　　　　　　　　　　叙永作

---

　　①　此诗作于 1941 年 10 月朱自清在成都休假结束，返回昆
明途中。

赠李铁夫[①]

　　董家山舍几悠游，见说豪情胜辈流。

　　载我倭迟下岷水，共君磊落数雄州。

　　盘涡出入开心眼，抵掌从容散客愁。

　　独去滇南无限路，主人长忆孟公俦。

---

　　① 此诗作于 1941 年 10 月朱自清在成都休假结束，返回昆明途中。

发叙永，车中寄铁夫①

堂庑恢廓盘餐美，十日栖迟不忆家。

忽报飙轮迎户外，遂教襆被去天涯。

整装众手争俄顷，握别常言乘一哗。

如此匆匆奈何许，登车回首屡长嗟。

忆宜宾公园中木芙蓉作，次公权暨介弟公逊倡和韵①

风流遥想谢家塘，异地经时草有霜。
一树墙边红欲坠，几番眼底影偏长。
戎州走马看秋老，客路逢花觉土香。
蜀锦温馨怜片段，他年同赋更何方。

昆明作

---

① 此诗作于1941年底朱自清在昆明西南联合大学任教时。

妇难为，戏示公权①

妇罾翻成幼妇辞，却怜今日妇难为。

米盐价逐春潮涨，奴仆星争皎月奇。

长伺家公狙喜怒，剩看稚子色寒饥。

闲嗔薄愿犹论罪，安得诗人是女儿。

1942 年作

---

① 此诗约作于 1942 年 1 月 8 日朱自清在昆明西南联合大学任教时。

前作意有未尽，续成一章，叠前韵①

入室时闻有谪辞，逢人辄道妇难为。

不甘弱羽笼中老，曾是明珠掌上奇。

夫婿自怜牛马走，宾朋谁疗梦魂饥。

温柔乡冷荆榛渐，奈此平生好半儿。

---

① 此诗作于 1942 年 1 月 9 日前后朱自清在昆明西南联合大学任教时。

蜡梅，次公权韵[①]

最爱平生黄蜡梅，和风和雪数枝开。

蜜脾细沁甜滋味，金罄微怜旧馆台。

天远翻惊春至早，地温只见日烘来。

瓦瓶谁遣撩人意，可奈新停浊酒杯。

---

① 此诗约作于 1942 年初朱自清在昆明西南联合大学任教时。

忆曲靖至昆明车中观晚霞作①

朝雨困泥途，午霁豁蒙督。

大道比弦直，飙车争矢骤。

滇中气清朗，秋空蓝欲透。

高远杳无极，仰视徒引脰。

西日渐依山，迎眸一釜覆。

釜底火焚如，烧天积柴槱。

云霞金在冶，瞬息万奔凑。

斗然涌奇峰，峨嵋天下秀。

太华苍龙翔，匡庐五老瘦。

---

① 此诗约作于1942年4月22日朱自清在昆明西南联合大学任教时。

黄山真幽绝，有石皆皱皱。

不须访名山，指点窥层岫。

何来金狮子，蹈舞随节奏。

长毛纷龙茸，远蹠勇践蹂。

仿佛首低昂，意欲腥膻嗅。

百兽匿踪迹，甘心谁与斗？

似闻气咻咻，千里通一吼。

庄严现世尊，光明郁如馏。

地上寸寸金，法身弥广袤。

偃蹇一孔中，眉头承艾灸。

摇荡平生心，帖焉醉醇酎？

张目瞑色合，晚风盈怀袖。

渐觉亲尘嚣，灯火如撒豆。

忆旧京西府海棠，次公权韵[①]

北地经冬不见梅，几番春讯待卿来。

长条颖脱穿云去，锦幄珠晖映日开。

未觉环肥矜淡扫，肯缘香少损仙裁？

黄庭初写今谁赏，应效啼妆悔赋才。

---

① 此诗当作于 1942 年 4 月 23 日朱自清在昆明西南联合大学
任教时。

胃疾自儆^①

孤影狰狞镜里看，摩霄意气凛冰寒。

肥甘腊毒频贪味，肠胃生疡信素餐。

尚赖仔肩承老幼，剩凭瘦骨拄悲欢。

异时亦自堂堂地，饕餮何容蚀五官。

———————

① 此诗约作于 1942 年 4 月 24 日朱自清在昆明西南联合大学
任教时，刊于 1948 年 10 月《文学杂志》第三卷第五期。

云南实业银行新厦落成开幕，
绍谷任总经理，诗以贺之[①]

绾毂川黔拱此州，南金东箭美难收。
拓开宝藏需才士，弥补时艰仗远谋。
平准一书如指掌，运筹廿载擅屠牛。
轻车熟路行无事，轮奂雍容羡带裘。

———————

① 此诗约作于 1942 年下半年朱自清在昆明西南联合大学任
教时。

送福田归檀香山^①

檀岛风光异昔时，弥天烽火动归思。
经年劳止如番卒，行见迎门影里儿。

---

① 姜建、吴为公《朱自清年谱》以为此诗约作于 1943 年 7 月 28 日前后朱自清在昆明西南联合大学任教时。

中秋从月涵先生及岱孙、继侗至积翠园培源寄居，次今甫与月涵先生倡和韵①

其　一

天南独客远抛家，容易秋风惜晚花。

佳节偶同湖上过，无边朗月伴清茶。

其　二

酒美肴甘即是家，古今上下舌翻花。

兴来那计愁千斛，痛饮卢仝七碗茶。

---

①　此四诗作于 1942 年 9 月 25 日中秋节后一日朱自清在昆明西南联合大学任教时。

其 三

且住为佳莫问家，茫茫世事眼中花。
人生难得逢知好，树影围窗细品茶。

其 四

暂借园居暂作家，重阳节近忆黄花。
主人觅订登高约，布袜青鞋来吃茶。

叠前韵赠今甫①

其 一

漫郎四海漫为家，看尽春风百种花。
已了向平儿女愿，襟怀淡似雨前茶。

其 二

此心安处即吾家，瞥眼前尘雾里花。
剩得相知人几个，淡芭菰酽压新茶。

---

① 此四诗作于 1942 年 10 月 1 日朱自清在昆明西南联合大学
任教时。

其 三

住惯天涯解作家，案头亲供折枝花。
学书看画消清昼，客至红炉缓煮茶。

其 四

北望燕云旧帝家，宫墙西畔菊堆花。
相期破虏收京后，社稷坛前一盏茶。

题李宇龛《无双吟》^①

其 一

含毫和泪咏无双，万语千言意未降。
宇外忧思侵独抱，生前眉影黯虚釭。
同心如睹凤麟出，各梦常闻水石撞。
莫讶钟情成一往，谷深难得足音跫。

① 此二诗作于 1942 年 10 月 25 日朱自清在昆明西南联合大学任教时。

其　二

相怜我亦过来人，历历星霜旧恨新。
甘咽秋荼及夫婿，绝无怨语向交亲。
列车一别真成诀，墓树常青那是春。
儿女天涯多聚散，孤魂千里应逡巡。

游倒石头因忆石林，示同游诸子①

龙门幽险穷巧智，雕镂西山剔苍翠。

龙门下临倒石头，刀斧不施别有致。

山崩石倒压滇海，访胜游踪时一至。

到眼危欹森逼人，磅礴直欲无天地。

闻道山崩尘蔽天，谷响波回魂魄悸。

只今白石大如屋，阢隉道旁馀觑觎。

或相争道顶相摩，怒峙如门摇欲坠。

亦有壁立俨成峰，顾盼一方窃心喜。

亦有凭河死无悔，碧波掩映多姿媚。

东山月出照龙门，上下犹然判仙魅。
因忆石林真神工，仙魅低头应敛避。
无始以来大顽石，浑沌不材天所弃。
巨灵擘蹋肌理分，耳目鼻口从其类。
滇南偃蹇百千载，天荒地老无人记。
及今风高白日昏，来者毛里生寒意。
登览奇峰郁不开，枯木槎枒刀剑植。
又如朽骨聚丘山，一世贤愚臂交臂。
入林仰望智井智，深谷迷人欲长睡。
神仙工拙都戏谈，觅句雕虫徒好事。
惟当着屐二三人，携酒重游聊自肆。

挽张素痴[①]

其 一

妙岁露头角，真堪张一军。

书城成寝馈，笔阵挟风云。

勤拾考工绪，精研复性文。

淋漓修国史，巨眼几挥斤。

---

① 此诗约作于 1942 年 10 月 26 日前后朱自清在昆明西南联
合大学任教时。

其 二

自古才为累，天悭狷与狂。
明镫宵作昼，白眼短流长。
脱颖争终贾，伤心绝孟光。
黑头戕二竖，鸿业失苍茫。

次公权韵①

其　一

开缄五色争春妍，精思健笔谁能先？
拥鼻吟讽不释手，望尘学步知其难。
不殊海上三神山，风涛出没心骨寒。
宫阙如云未可即，仙人陟降何安闲。

---

① 此诗约作于 1943 年上半年朱自清在昆明西南联合大学任教时。

其　二

手眼别出殊媸妍，夺人夺境争声先。
选徒嚣嚣多益善，冲锋陷阵当者难。
草木森森八公山，秦兵望影皆胆寒。
围棋赌墅报破敌，门外萧萧嘶马闲。

其　三

萧侯下笔呈馀妍，著意与古争后先。
分唐界宋亦多事，行云流水人所难。
作诗如未登泰山，天之苍苍风气寒。
俯视茫茫百感发，不同徒矜觜爪闲。

清常见示摄影册子，辄题其后并序^①

清常与夫人相别六载，曩夕学生聚谈会，清常陈辞感慨，四座动容。顷复以摄影册子见示，皆其夫人造像也。

新婚六稔苦相思，满座悲君感慨辞。
一夕现身闻妙法，盛年造像见幽姿。
平生欢爱肠千结，故国妻儿泪几丝。
为道春华难久住，轩车宜办莫过时。

昆明观音山作

---

① 此诗作于 1943 年 7 月 15 日朱自清在昆明西南联合大学任教时。

国徽花，俗所谓五子莲者[①]

密叶披墙碧欲流，微波徐动妙莲浮。

亭亭洛女矜妆淡，袅袅蜻蜓识水柔。

入眼分明国徽似，彰身灿烂宝星侔。

山中蹀躞频看汝，艳骨冰容孰与酬？

---

① 此诗作于 1943 年 7 月 8 日朱自清在昆明西南联合大学任教时。

山　泉①

似曾相识此泉声，滚玉跳珠意未平。

应喜别来两无恙，在山莫怨一身轻。

昆明西山道中口占

---

① 　此诗约作于 1943 年 7 月朱自清在昆明西南联合大学任教时。

为春台题所画清华园之菊[①]

霜姿丽质掩莓苔，曾诩缤纷照眼来。
此日丹青重点染，山河秋影费疑猜。

昆明作

---

① 此诗约作于 1943 年 7 月朱自清在昆明西南联合大学任教时。

犹贤博弈斋诗钞

赠岱孙①

浊世翩翩迥不群，胜流累叶旧知闻。

书林贯串东西国，武库供张前后军。

冷眼洞穿肠九转，片言深入木三分。

闲居最爱长桥戏，笑谑无遮始见君。

---

① 此诗作于 1943 年 9 月 26 日朱自清在昆明西南联合大学任教时。

为人题印谱选存①

使转纵横意有无，能于寸石见真吾。

若将铁笔论诗法，此是君家摘句图。

书　怀①

何须别白论亲仇，尚寐无吡任百忧。

翻覆云雨输只手，森严崖岸过人头。

网罗庶兔豹藏雾，冷暖自知蚓有楼。

一梦还登阊阖上，贤愚俯视忽同丘。

_____

①　此诗约作于 1943 年 10 月朱自清在昆明西南联合大学任
教时。

赠之椿①

十年相见霜侵鬓，自力更生国有魂。
润色舆言起盟友，纵横椽笔壮心存。

---

① 此诗约作于 1943 年 11 月朱自清在昆明西南联合大学任教时。

寿涂母陈太夫人七十　代吴正之作①

其　一

吾乡有贤母，七十古来稀。

锦水清徽远，涂山世族归。

抚孤勤画荻，达旦听鸣机。

戏彩看兰桂，阶前次第辉。

---

①　此二诗作于1944年1月9日朱自清在昆明西南联合大学任教时。

其　二

伯子欣同砚，妙年知所裁。

南雍擢高第，赣水育英才。

桃李春春暖，菁莪处处催。

愿偕重拜母，此日共衔杯。

农历壬午岁嘉平月十六日，值丐尊伉俪结缡四十周年之庆，雪村首倡贺章，丐尊有和作，即次原韵奉祝[①]

举案齐眉四十年，年年人逐月同圆。

烹鲜佐酒清谈永，伴读缝衣乐趣全。

平屋湖山神辄往，小堤桃柳色将妍。

胡尘满地身双健，莫为思乡负醉筵。

---

① 此诗约作于1943年朱自清在昆明西南联合大学任教时。

赠萧庆德，叔玉大儿也[①]

髫岁狷成癖，兹儿有父风。

一毫不肯挫，百役总能同。

即物知穷理，繁言解折衷。

会心忽微笑，独往兴无穷。

---

① 此诗作于 1944 年 1 月 1 日朱自清在昆明西南联合大学任教时。

春来小极，江清共话，大慰鄙怀①

天涯联榻各无家，狼藉丹铅送岁华。

退食高言河汉远，饤盘常供锦糖赊。

忧来乘病如蜂拥，语重兼金抵纩加。

蚤蜡相期君一笑，碍人芳草不须嗟。

---

① 　此诗约作于 1943 年朱自清在昆明西南联合大学任教时。

娇　女^①

谁家娇小女，啼哭赚亲怜。

灶媪常同榻，村童敢比肩。

出言如老吏，努目试轻拳。

兄姊避三舍，司晨不待年。

---

　　①　此诗作于 1943 年 7 月 28 日朱自清在昆明西南联合大学任教时。

绍谷哲嗣君恕世兄与广东陆女士成婚，诗以贺之[①]

家风城北最温文，长袖英年已轶群。
西亚宏规参建树，南天只燕久朝曛。
雀屏喜获渝中选，春色平分岭上云。
难得佳儿复佳妇，一门弓冶世相闻。

---

① 此诗约作于 1943 年朱自清在昆明西南联合大学任教时。

雨僧以《淑女将至》诗见示，
读之感喟，即次其韵[①]

几人儿女入怀来？客影徊徨只自哀。
白傅思乡驰五忆，陶公责子爱非才。
失群孤雁形杳杳，绕膝诸孙意兴灰。
更有飞鸟将弱息，天涯望父讯频催。

---

① 此诗作于 1943 年 7 月 29 日朱自清在昆明西南联合大学任教时。

答程千帆见赠，即次其韵①

其　一

层叠年光冉冉波，波中百我看蹉跎。

白头犹自忧千岁，奈此狂驰夸父何！

其　二

桨声灯影眉头梦，数米量盐劫里身。

今日秦淮呜咽水，叛儿谁复赏心人。

---

① 此四诗作于 1944 年 8 月 15 日朱自清在昆明西南联合大学任教时。编者按：原刻本作"鐙"，以今日简化对应字替代。

其 三

师心攘臂起膏肓，乡愿轩眉掩狷狂。
忽忆尼山狮子吼，斯文兴丧不关匡。

其 四

一发文心足愈愚，辨深淄渑百家沽。
天孙乞与金针巧，却向凡夫问有无。

卅三年夏，与慰堂、士生重聚于陪都，谈笑欢甚，作此纪事，兼赠二君①

其　一

不知有此乐，廿载各驱驰。

孰意萍踪聚，相看梦影疑。

笑谈随所向，礼法勿须持。

慷慨无当世，居然少壮时。

---

① 此三诗约作于 1944 年 9 月 30 日朱自清在昆明西南联合大学任教，暑假回成都探亲期满返校，在重庆转飞机时。

其　二

风流承别下，声气接通人。
四库英华出，东观轮奂新。
求书赴汤火，分目足梁津。
自得百城乐，焉知十丈尘。

慰堂

其　三

历尽崎岖路，犹存赤子心。
直言增妩媚，阅世晓晴阴。
眼底蛮争触，人前尺换寻。
从来有夷惠，宁与俗浮沉。

士生

中秋节近，以火腿干菜月饼贻慰堂，
皆乡味也。慰堂峻却不受，作此调之①

饼饵聊随俗，先生拒勿深。
团圞中秋月，迢递故乡音。
且快屠门嚼，还同千里心。
物轻人意重，佳节俊难禁。

---

① 此诗约作于1944年9月30日前后朱自清在昆明西南联合
大学任教，暑假回成都探亲期满返校，在重庆转飞机时。

《铁螺山房集》赠主人 [1]

马车辘辘大堤侧，主人倚杖出迎客。

小园照眼一椽新，书册纵横犹满壁。

似曾相识三摩挲，主人殷勤数来历。

淡芭菰香茶味永，主妇将雏频络绎。

登楼旧燕各翩翩，坐觉春风生两腋。

小诗坦率见世情，烟斗陆离征雅癖。

竹根木瘿得风流，手运锥刀随曲折。

案头失喜名伶传，谱学精微谁与敌。

食时方丈列吴盘，初写黄庭皆啧啧。

---

① 此诗作于 1945 年 5 月 20—21 日朱自清在昆明西南联合大学任教时。

不遑应接山阴道，向隅止酒良失策。

曲终奏雅盆如海，鸡母豚肩相比翼。

望洋兴叹奈若何？拄腹撑肠吃不得。

饱食谁当复用心，往事重温矜点滴。

主妇娓娓论家常，主人津津咽烟液。

大噱豪谈震屋瓦，人生难得忘形迹。

不知何处是他乡？此语真能道胸臆。

诗成主人卜市居，铁峰螺峰天外碧。

山房一集自千秋，从古忘忧唯美食。

1945 年作

寄三弟叙永①

同生四兄弟，汝与我最亲。

念汝生不永，吾家方患贫。

弱冠执教鞭，三载含酸辛。

不耻恶衣食，锱铢黾朝昏。

辞家就闽学，读律期致身。

兄弟天一方，劳苦仅相闻。

军兴过汉上，执手展殷勤。

相视杂悲喜，面目侵风尘。

---

① 此诗作于 1945 年 5 月 27 日朱自清在昆明西南联合大学任教时。

小聚还复别，临歧久谆谆。

我旋客天南，汝亦事骏奔。

长沙付一炬，命与悬丝均。

历劫得相见，不怨天与人。

奔走助我役，玩好与我分。

终始如一日，感汝性情真。

铁鹫肆荼毒，邻室无遗痕。

赖汝移藏书，插架今纷纶。

辗转陪都去，旅食春复春。

陪都两见汝，日日来相存。

啖我饼饵香，馈我烟丝醇。

去岁官叙永，法曹人所尊。

宿愿一朝副，当思惠吾民。

亦当思中馈，及时缔良姻。

极目千里外，寸心托飞云。

卅四年夏，余自昆明归成都，子恺亦自重庆来，晤言欢甚，成四绝句①

其　一

千里浮萍风聚叶，十年分袂雪盈颠。

关河行脚停辛苦，赢得飘髯一飒然。

其　二

应忆当年湖上娱，天真儿女白描图。

两家子侄各笄冠，却问向平愿了无？

---

① 此四诗作于 1945 年 7 月 17 日朱自清在昆明西南联合大学任教，回成都度暑假时。

其　三

执手相看太瘦生，少年意气比烟轻。
教鞭画笔为糊口，能值几钱世上名？

其　四

锦城虽好爱渝州，一片乡音入耳柔。
敝屋数椽家十口，慰情只此似吴头。

贺郭毅庵与殷剑明女士结婚[①]

鲁风吹拂潭千尺，湘月摩挲剑两枝。
眷属有情临胜节，一家欢喜万家随。

---

① 此诗约作于 1945 年 10 月前后朱自清在昆明西南联合大学任教时。

贺惠国姝女士与杨君结婚①

佳人好合逢佳节，乐事无加住乐乡。
东箭南金联二姓，马龙车水醉千觞。

---

① 此诗约作于 1945 年 10 月 2 日朱自清在昆明西南联合大学任教时。

读冯友兰、景兰、淑兰昆季所述尊妣吴太夫人行状及祭母文,系之以诗[①]

饮水知源木有根,瓣香贤母此思存。
本支百世新家庙,昆弟三途耀德门。
趋拜曾瞻慈荫暖,论交深信义方惇。
长君理学尤沾溉,锡类无惭古立言。

题所藏《李晨岚沅陵图》残卷①

其 一

湘西羡杀好风帆，一角沅陵且解馋。

最是浮家滋味足，数竿渔网映衣衫。

其 二

商量款式几回装，鼠啮鸡飞冷不防。

今日乐昌欣合镜，河山还我碎奚伤。

---

① 此诗作于 1945 年 10 月 31 日朱自清在昆明西南联合大学
任教时。

市肆见《三希堂山谷尺牍》，爱不忍释，而力不能致之[①]

诗爱髯苏书爱黄，不妨妩媚是清刚。

摊头踯躅涎三尺，了愿终悭币一囊。

---

① 此诗约作于 1945 年 10 月 15 日前后朱自清在昆明西南联合大学时。

胜利已复半载，对此茫茫，百端交集，次公权去夏见答韵[①]

凯歌旋踵仍据乱，极目升平杳无畔。

几番雨横复风狂，破碎山河天四暗。

同室操戈血漂杵，奔走惊呼交喘汗。

流离琐尾历九秋，灾星到头还贯串。

异乡久客如蚁旋，敝服饥肠何日赡。

灾星宁独照吾徒，西亚东欧人人见。

大熊赫赫据天津，高掌远蹠开生面。

教训生聚三十春，长霄万里嘌光焰。

———————————

① 此诗作于1946年2月11—12日朱自清在昆明西南联合大学任教时。

疾雷破空时一吼，文字无灵嗟笔砚。

珠光宝气独不甘，西方之人美而艳。

宝气珠光射斗牛，东海西海皆歆羡。

熊乎熊乎尔诚能，张脉偾兴争烂绚。

谁家天下今域中？钩心斗角从君看。

看天左右作人难，亚东大国吾为冠。

白山黑水吾之有，维翰维藩吾所愿。

如何久假漫言归，旧京孤露思萦万。

旧京坊巷眼中明，剜肉补疮装应办。

社稷黄菊灿如金，太液柔波清可泛。

只愁日夕困心兵，孤负西山招手唤。

更愁冻馁随妻子，瘦骨伶丁沦弃扇。

1946 年作

涤非惠诗，其言甚苦，次韵慰之[①]

俳谐秋兴曲，辛苦后山诗。

哀乐诚超俗，丘轲自待时。

大人能变迹，老妇倒绷儿。

劣得纸田在，无劳百所思。

---

① 此诗约作于1946年春朱自清在昆明西南联合大学任教时。

戏赠萧庆年，叔玉长女公子也[①]

不作娇羞态，还馀烂漫风。
亲人形孺慕，倒峡见辞雄。
饮水羌争渴，由窗径愿通。
下楼频复上，自笑百忙中。

华　年①

其　一

明眸皓齿驻春魂，一笑能令斗室温。
却忆丽沙留片影，到今赚得百思存。

其　二

玉润珠圆出自然，称身裁剪映华年。
街头两姝连肩拥，一段天真我最怜。

《客倦》次公权韵[①]

客倦藏蜗角，蓬蓬昧远春。

敢言天下事，怯对眼中人。

儒服随时敝，翻潮逐日新。

四方何所骋，堪叹赘馀身。

成都作

---

① 此诗作于 1946 年 7 月 5 日朱自清在成都时，此时西南联合大学已经解散，朱自清将随清华大学迁回北平。

贺金拾珊、张弢英婚礼[①]

旧业说金张，新婚胶漆行。

同窗研货殖，负笈治梯航。

锦水明双璧，中秋艳画堂。

遥期共圆月，额手举壶觞。

赠石荪①

不惜齿牙惜羽毛，清辞刚胆擅吾曹。

揄扬寸善花堆舌，叱咤千人气压涛。

报国书生何慷慨，缘情曲子近风骚。

难忘促膝倾筐箧，半日醺然胜饮醪。

成渝道中作

---

① 此诗约作于 1946 年 8 月 19 日朱自清从成都到赴重庆途中。

赠单五传渊①

儿童奔走告，高唱单哥来。

为说殷勤觅，方如云雾开。

相牛腾舌辩，读律有心裁。

五万探囊出，相邀耍一回。

重庆作

---

① 此诗约作于 1946 年 8 月朱自清在重庆等飞机返北平时。

健吾以振铎所贻旧纸来索诗，
书不成行，辄易一幅应之①

其　一

堪羡逢场能作戏，八年哀乐过于人。

山河有怨凭君诉，却颂和平孰与陈？

1947 年北平作

其　二

郑先赠纸古香色，千里邮筒密裹来。

破笔涂鸦不成列，换将素幅俗堪哈。

---

　①　此诗作于 1947 年 3 月 12 日朱自清在北平清华大学任教时。

慰堂坠车折臂，养疴沪上，寄示旧作。并承赠诗，即次见赠韵[①]

分手三秋物屡迁，萧墙战鼓听填填。
不堪屈指米煤价，可以疗饥珠玉篇。
玄览库钞勤播印，千元䌷宋看排编。
折肱尽瘁光家国，但问耕耘莫问年。

---

① 此诗约作于 1947 年朱自清在北平清华大学任教时。

绍谷伉俪北来，同游香山静宜园，
话旧奉赠[1]

其 一

向平累减事清游，眷属如仙故国秋。

好是无风白日静，香山红叶足凝眸。

其 二

平仲与人久不忘，卅年无改旧时装。

车行亦有崎岖处，回策如萦气自扬。

---

[1] 此诗作于 1947 年 11 月 2—5 日朱自清在北平清华大学任
教时。

夜不成寐，忆业雅《老境》一文，感而有作，即以示之[①]

中年便易伤哀乐，老境何当计短长。
衰疾常防儿辈觉，童真岂识我生忙。
室人相敬水同味，亲友时看星坠光。
笔妙启予宵不寐，羡君行健尚南强。

---

① 此诗作于 1948 年 1 月 29 日朱自清在北平清华大学任教时。

赠程砚秋君及高足王吟秋君①

二月十四日夕，清华同仁眷属联谊会春节团拜，约程清唱《锁麟囊》，王演剧。主其事者，嘱作诗以谢。

其 一

韩娥歌哭入云深，老幼悲欢不自禁。
今夕琳琅闻一曲，千人忘味各沉吟。

其 二

盛年头角已峥嵘，雏凤清声满座倾。
不负苦心传妙绪，程门此子最能鸣。

---

① 此诗作于 1948 年 2 月 17 日朱自清在北平清华大学任教时。

补　遗①

中秋有感②

万千风雨逼人来，世事都成劫里灰。

秋老干戈人老病，中天皓月几时回？

奉化江边盘散归途成一绝③

渺渺银波翻白日，离离弱草映朱颜。

只今江上清如许，借问羁人心可闲？

---

① 包括旧体诗9题10首，联句3首。

② 此诗作于1924年9月13日朱自清在浙江宁波准备应浙江省立第四中学国文教员聘时。

③ 此诗作于1924年9月15日朱自清在浙江宁波准备应浙江省立第四中学国文教员聘时。

题马公愚所画《石鼓图》[①]

文采风流照四筵，每思玄度意悠然。
也应有恨天难补，却与名山结喜缘。

情　诗[②]

十九日

平野正苍苍，相思在何所。
蕙兰扬光辉，馨香盈洲渚。
念彼同心人，采此欲遗汝。
当饱宁念饥，离居乃慕侣。
太息旧时欢，尽日空延伫。

---

①　此诗作于 1925 年 5 月朱自清在浙江上虞白马湖春晖中学任教时。

②　此诗作于 1928 年 7 月 19 日朱自清任教于北京清华大学时。

和陈竹隐二章①

隐以绝句二章见寄，情见乎辞，作此和之，当能喻其所怀之深浅也。

其 一

宛转腰身一臂支，双眉淡扫发丝丝。
桥头午夜留人坐，月满风微欲语迟。

其 二

寄愁无策倍堪伤，异国秋来草不黄。
山海万重东去路，更从何处着思量。

---

① 此二诗作于1931年11月5日朱自清在清华大学教授任上满四年，带薪休假一年，赴欧游学旅居伦敦时。

漓江绝句①

劈面飞来山一雄，绝无依傍上苍穹。

从教隔断漓江水，点染烟云补化工。

（胜画工）

贺中国农民银行开幕式②

维我中华，以农立国。

圣人垂训，首曰足食。

国步多艰，民生实难。

农人妇子，啼饥号寒。

不有赒赡，邦本沉沦。

银行之设，实惠农民。

自设银行，效绩日彰。

始于四省，爰及南疆。

---

① 此诗作于 1938 年 2 月 25 日朱自清自长沙南下赴昆明途经广西南宁时。

② 此诗作于 1938 年 4 月 25 日朱自清在蒙自西南联合大学任教时。

犹贤博弈斋诗钞

南疆经始，徐君心算。

矢勤矢勇，美轮美奂。

匪惟货殖，民隐是求。

利农利国，嘉谋嘉猷。

逖生见示香山看红叶之作，即步原韵奉和[①]

秋光未老且偷闲，裙屐招邀去看山。

脚见愁峰顿清切，眼明红树忽斑斓。

羲和欲乘六龙逝，夸父能追一线殷。

此日诗成弄彩笔，异时绝顶更跻攀。

祝贺廖辉如先生六十寿辰[②]

少年有壮志，浮海习奇工。

绩学传薪盛，长才触类通。

---

① 此诗作于 1936 年 10 月 20 日，记 1936 年 10 月 17 日与清华同仁共游香山事。

② 此诗作于 1944 年 9 月 18 日，朱自清任教于昆明西南联合大学，暑假在成都休假时。

结交曾子义，排难鲁连风。

花甲中秋近，更欣兰桂崇。

短歌歌威尼斯行与朱偰联句[①]

去国忽已久[偰]，浩然思东归；

南欧佳丽地[偰]，文物生光辉。

乘日作胜游[偰]，软尘沾素衣；

登山寻旧墟[偰]，临流送馀晖。

中夜威尼市，小艇来三四；

载客河上行[偰]，灯火昏如醉。

忆昔全盛日[偰]，声名四海被；

轴轳转万邦[偰]，甲第连云起。

繁华久萧索[偰]，俯仰空陈迹；

咿哑橹声迟[偰]，处处王侯宅[偰]。

巍巍圣玛珂，辉煌缀金碧[偰]；

法相现庄严，钟鼓闻朝夕[偰]。

铜马来东土，赫赫扬威武。

沧桑已迭陈，盛衰自有主[偰]！

---

① 此诗为1932年朱自清与朱偰自威尼斯归航时的联句。

钟楼干云霄，登临望四宇，
岛屿锦绣铺，市廛繁星聚^清。
方场居中央，列柱遥相望；
宿昔擅富贵，佩玉鸣铿锵^偀。
公宫临大河，名画何琳琅？
轮奂美无比，巍然鲁灵光^清。
太息名飞桥，悲风尚飋飋。
楚囚昔对泣，长恐不终朝^偀。
咫尺欢愁异，夜曲良妖娆。
红灯映碧水，微风扬轻绡^清。
南潮多旖旎，遗风未尽澌。
楼台尚绮靡，寺宇竞威仪^偀。
玻璃与鞣革，玲珑呈巧思。
徘徊不能去^清，缅古令神驰^偀！

归航即景与朱偀联句[①]

回航逾万里，倏忽已兼旬。
东西亘大海^清，浩浩浑无垠。

---

① 此诗为1932年朱自清与朱偀自威尼斯归航时的联句。

风雨连朝夕^偎，飘摇东海滨。

江山识故国^清，行旅话苦辛。

忆发威尼斯^偎，晴波正粼粼。

悠悠地中海^清，长天无纤尘。

自古钟灵秀^偎，文质何彬彬^清？

希腊与罗马，战舰似云屯，

纵横四海外^偎，霸业竞长泯^清。

波赛故寥落，今居要路津^偎。

奇香淡芭菰，美味突厥珍^清。

浩浩苏彝士，商舶往来频，

山崩壮士死，方可通航轮^偎。

红海连沙漠，酷热无与伦，

三朝过亚丁，清风始更新^清。

漫漫印度洋，滔天浪似银^偎。

同舟畏风涛，辗转心逡巡^清。

孟买号大埠，市肆似比鳞。

锡兰古名都，今日何沉沦^偎。

星洲介西东，欧亚道路均；

居民来闽粤，情貌滋可亲^清。

香港本吾土，豪夺任强邻，

陷来百馀载，仇恨犹未伸。

游子去故国，匆匆历数春，

千里赋归来，感慨难俱陈^偰。

遥望旧山川，岩壑良嶙峋，

奈何不自竞，宰割由他人^清！

横流被中原，万姓号饥贫。

烟尘警东北，寇氛炽粤闽。

所望炎黄裔，三户必亡秦。

风雨忽如晦，似助我悲呻，

瞻望云海外，不觉涕沾巾^偰！

元日纪游与浦江清联句①

积阴忽放晴，元日风光美^朱。

晓发读书堂，曳杖青山趾^浦。

修坂知几盘，滑滑泥沾屐^朱。

浮云瀹前峰，霏雾失远市^浦。

望中半山亭，一径烟霞指^朱。

直上到寥廓，崖壑旷瞻视^浦。

---

① 此诗为 1938 年元旦朱自清与浦江清同游南岳衡山时的联句。

路曲紫竹林，茅屋才盈咫。

拥彗支离疏，对客但阿唯[朱]。

邺侯书院高，石阑聊徙倚，

当年三万轴，名山馨兰芷。

想见济物功，得力在书史，

如何乡人愚，中龛杂神祀[浦]。

问讯观河林，豁然在眼底。

羊肠宛转通，步步生荆杞[朱]。

同行六七人，呼啸隔遐迩。

水田开阡陌[浦]，照影明镜比[朱]。

分脉散清泉[浦]，涓涓随杖履[朱]。

庵前列翠竹，庵后森杉枳。

开窗眺山云，晴光忽在几。

老尼年八十，款客陈果簋[浦]。

各剖新橙黄，共嗟风栗旨。

更将火钵来，湿袜干可喜[朱]。

尼言家湘潭，剃度忘岁纪，

入山五十载，有徒多先死，

非关修养勤，菩萨赐福祉[浦]。

出门不见人，拾级下山觜。

四顾唯一白，满谷云弥弥，

群飞三月絮，狂涌百川水，

浮沉若轻鸥，浩荡云海里[朱]。

危礴积黄叶，曲涧孕碧蕌。

朱实不知名，野花方吐蕊[浦]。

高下穷幽奇，日脚映山紫。

蓦然得官道，一往平如砥[朱]。

玉版桥前路，迢遭水之涘[浦]。

唧唧络丝声[朱]，（谓玉版桥前络丝潭也）

瀑流喷石髓[浦]。

悬度似虹飞，碎溅剧星驶。

磐石坐千人，

有枰难著子。（络丝潭侧石上刻有枰局）

饥驱索酒家[朱]，素卮浮绿螳，

分甘有吴酥，新炙得湘鲤。

讲学伤播迁，（时学校将迁昆明，启程在即）

嘉游安可已[浦]。

兹来席未暖，诅知计日徙，

拱手谢山灵，沉吟聚散理[朱]。

1938 年元日作

关于《犹贤博弈斋诗钞》

1946年暑假期间，朱自清按惯例回成都度假。这次旅途用了四天时间，一路上费尽了劳顿和苦辛，6月14日日记云："仓卒赶至中华航空公司，又急忙至机场，等西康方面来飞机达三小时，晚宿聚元村二十二号。"15日日记云："上午访雪山及子恺。将外套交雪山。参加三校叙旧晚宴。"雪山即章锡珊，子恺即丰子恺。16日日记云："晨乘长途汽车，编号上车。前排为一对讲泸州方言之夫妇，盖世太保也。座旁为一讲本地方言之女子。在永川镇午饭，未到禣木镇天即降雨。等渡船两小时，一辆青年军汽车定要走在我们前面，他们大概看准我们的车要出毛病。果然，离内江不到一公里，司机发现两个车胎坏了，只好停车，雇人力车到镇找旅舍住下。两小时后，汽车方到并卸下行李。劳累不堪，致吃的一碗面全吐光，赶紧休息。大雨彻夜不停。"如此折腾到17日晚上才回到家中。到家才知道夫人陈竹隐生病住院。当日日记说"所幸病不甚重"。朱自清刚回到成都，就又开始忙碌了，一方面陪夫人治病，又接连地拜访、接待亲友或出席朋友的聚会，在接下来几天的日记里出现的朋友就有叶石荪、钱中舒、程千帆、吴宓、赵守愚、刘明扬、南克敬、吴景超、彭雪生、周太玄、萧公权、钱穆、谢文通等十数人。直到7月1日，才坐下来，把1937年以来历年写作的古典诗词，重新整理、抄写，到了4日，费时四天完成。当天日记云："写成诗稿，为此甚喜。"好心情是有延续的，7月5日这天，他作了一首《〈客倦〉次公权韵》一诗，顺手录进了新编的诗集中。又于7日，写成了诗集序言，该序言用骈体写成，交代了自己创作旧诗的缘起和经过，曰："惟是中年忧患，不无危苦之词；偏意幽玄，遂多戏论之类，未堪相赠，只可自娱，画蚓涂鸦，题签入笥，敢云敝帚之珍，犹贤博弈斋之玩云尔。"至此，《犹贤博弈斋诗钞》编写完毕。虽然日记中说所写的序言"不甚满意"，但心情显然比前几日更为愉快，还率领全家去照相馆拍了照片。

但这本集子并不是最终版，编好后，又陆续补充了新作的旧诗，从集子中《〈客倦〉次公权韵》之后的一首《贺金拾珊、张弢英婚礼》至最末一篇《赠程砚秋君及高足王吟秋君》的十数首，就是陆续添进手抄稿本中的。最后一首"赠程砚秋"写于 1948 年 2 月 17 日。

从该诗集编排顺序看，和另一本古典诗词集《敝帚集》一样，是以时间顺序编排的。第一首《漓江绝句》写于 1938 年 2 月 25 日，此时朱自清和长沙临时大学的师生们，正分三路千里迢迢地奔波在去昆明的路上（组建西南联大），那么是哪三路呢？一路是由大部分学生编成，组成湘黔滇旅行团，步行赶往昆明，还计划途中做些调查研究，身体好的教授愿意而且能够步行的也和学生大队一起出发。性格豪迈的闻一多就是随着"旅行团"向大后方挺进的。另一路师生由粤汉铁路乘火车到广州经香港、越南入滇。而朱自清和冯友兰、陈岱孙、汤用彤、钱穆等十余名教授走的是另一条路，乘汽车从南岳动身赶往昆明。朱自清的这一支小队伍，于 1938 年 2 月 17 日，经过一天多的旅行，于中午时分到达桂林。在接下来的几天中，朱自清和冯友兰等人游览了桂林著名的风景名胜，七星岩、月牙山、珠洞、木龙洞、风洞山等。此后，又一连几天游览了漓江山水。朱自清在 1938 年 2 月 18 日日记中说："见到'平蛮三将碑'，及'元祐党人碑'。七星岩之岩洞不如上方山。导游以韵文作说明，称为仰山，亦赶行情之意也。"在21日日记中说："十二时半乘船去阳朔。我们得三艘平底船，我乘较大的一艘。般行很慢，景色不错。下午七时在龙门抛锚，是一小村庄。村民正在举行仪式，他们唱着，敲着鼓，从庙里抬出一木制龙头。那歌声，在我听来很悲伤。鼓声伴着歌声敲得很响。拖拽船只上水之纤夫与船上的全体人员在同大自然搏斗时悲哀地呼喊。那喊叫和姿态很刺激我们的感觉。"这是朱自清记得较为详细的一次日记，可见村民的奠祀场景给他留下了深刻的印象。晚上住在宾馆，朱自清和冯友兰等人听留声机唱片，还讨论家庭和婚姻诸事。就这样度过了极其丰富的一天。本月22日继续在漓江游览，更是痛快尽兴，当天的日记说："竟日在舟中。风景愈行愈美，岸上奇山如屏风。朝过大墟，晚宿羊皮村。"大约是玩得太过尽兴了吧，朱自清这天破了点小才，不小心把眼镜丢了。夜里还做一个噩梦，在梦中几乎死去。玩了两天后，朱自清一行于24这天，登上了由桂林那边开过来的汽车，教授们又是一路急行，于当日晚上到达柳州。柳州也是美丽的城市，他们还不顾舟车劳顿，趁夜参观柳州的旧城。第二天即25日，更是早早就来到柳州著名的名胜立鱼峰参观游览，游览结束后，即往南宁进发。

就是在连续的长途奔波和顺带的参观游览中，触发了朱自清的诗情和灵感，河山虽然美丽，战局却不很乐观，一路思之想之，于 1938 年 2 月 25 日到了南宁后，成诗一首："相较南渡乱烽催，碌碌湘衡小住才。谁分漓江清浅水，征人又照鬓丝来。"，最后一句，化用的是陆游《沈园》诗里的"伤心桥下春波绿，曾似惊鸿照影来"之句。诗后意犹未尽，又接连写出了数首，经修订后，稿成《漓江绝句》四首，也就是《犹贤博弈斋诗钞》中的第一首。

需要指出的是，这首《漓江绝句》并不是这本诗钞的第一首。第一首应该是 1937 年 12 月 17 日所作的《南岳方广道中寄内作》，是记本年 12 月 11 日至 13 日在南岳临时大学时登衡山而发的感想。该诗原本没有收入，后来用蓝色字迹补抄的（原书稿字迹为黑色），补抄稿诗题后有"廿八年作"字样，此字样和"1939 年"疑为笔误，也可能是指修改日期。因此诗和日记里所记有一字之差，1937 年 12 月 17 日日记里所记的诗云："勒住群山一径分，乍行幽谷忽干云。刚肠也学青峰样，百折千回只忆君。"而补抄稿的最后一句为"百折千回却忆君"。接下来从《题白石山翁作〈墨志楼刊经图〉》

至《发叙永，车中寄铁夫》共40首，作于1940年下半至1941年10月，这一年多的时间是朱自清在成都的例行休假，也是他创作和研究的一个高峰期。大量诗作集中在这段时间里，可以说是《犹贤博弈斋诗钞》的一个现象；还有一个现象就是，所作的诗和叶圣陶、萧公权、浦薛凤三人关联最多。

朱自清和叶圣陶是老朋友了，此时叶圣陶也在四川，朱叶经常见面，并还合作编国语教材《略读指导举隅》和《精读指导举隅》，因此老朋友之间便常有倡和之作，如1941年4月22日，朱自清写了《近怀示圣陶》五古，该诗历数抗战以来，个人和家庭所遭受的种种磨难，流露出一种沉郁愤懑的情绪。两天后，叶圣陶到朱宅探访，话题转到诗上来，朱自清以这首诗相赠。谈到开心处，索性携茶酒到附近的望江楼，啜著长谈，继之小饮，欢会难得，日暮始别。这天的日记，朱自清有这样的话："圣陶确有勇气面对这伟大的时代。但他与我不同，他有钱可以维持家用，而我除债务外一无所有。"又过三天，叶圣陶还沉浸在那天的情绪中，作《采桑子——偕佩弦登望江楼》记其事："廿年几得清游共，尊酒江楼，尊酒江楼，淡日疏烟春似愁。天心人意愈难问，我欲言愁，我欲言愁，怀抱徒伤还是休。"叶圣陶在这天的日记中写道："上星期六与佩弦游望江楼，意有所怅感，今日作成《采桑子》小词，书寄之。"5月8日夜，他再于枕上成诗："天地不能以一瞬，水月与我共久长。变不变观徒隽语，身非身想宁典常？教宗堪慕信难起，夷夏有防义未忘。山河满眼碧空合，遥知此中皆战场。"这首《偶感》，可以说是《采桑子》的演进。5月10日到12日，朱自清费时两三日，又作《赠圣陶》诗一首，并写信给叶圣陶，约在公园茶叙。一时间，诗，成了他们精神世界和情感世界相互联络的纽带，也是他们在国难当头、艰苦岁月中砥砺操守和弘扬正气的论坛。朱自清的《赠圣陶》为古风，长三十六句，深情叙述了二十年来和叶圣陶的友谊，同时怒斥了日寇的猖狂。该诗从盛赞叶圣陶"谦而先""狷者行"的德行起句，回忆当年在西湖荡舟、于"一师"纵谈的友情。大约是受了《偶感》的感染，朱自清不再愁苦，而是发出了抗争之意，末尾数语尤为铿锵有力："浮云聚散理不常，珍重寸阴应料量。寻山旧愿便须偿，峨嵋绝顶倾壶觞。"叶圣陶得诗后，也作了《次韵答佩弦见赠之作》。1941年5月17日，朱自清赴少城公园鹤鸣茶社等候叶圣陶，因空袭警报响起而未能相见。24日，再次赴少城公园。朱自清在当天的日记中说："在公园遇圣陶，但迟到半小时，他在公园门外的茶室等我，而我在门内。我们评论国内形势。他示我以答赠的诗，写得很好。"1941年6月21日朱自清、叶圣陶又在少城公园会面，除了交换文稿之外，还少不了谈家常，话旧友，当然诗词还是他们的主要话题——朱自清把萧公权、吴徵铸、施蛰存三人的诗词给叶圣陶看，朱、叶少不了对三人的诗做了中肯的点评。这回闲谈更晚，"至五时半而别"。7月15日这天，朱自清赴叶圣陶家的家宴，在座的有贺昌群。叶圣陶在日记里说："昨夜雨，今晨不止，约昌群、佩弦二兄以今日，恐未必能来……十二时，二兄果来，大喜。即相与饮酒。饭后闲谈，亦无甚重要话，唯觉旧雨相对，情弥亲耳。"这才是真朋友啊，不一定有什么重要的事情，哪怕见上一面，也是快意。但是时间到了1941年8月30日，朱自清在少城公园绿荫茶社约见叶圣陶时，心情却有些异样。叶圣陶说："……佩弦至，交换看文稿诗稿，闲谈近况，颇快活。五时，偕至邱佛子吃小酒。佩弦于下月二十日以后至重庆，在重庆候机至昆明。再一二面，即为别也矣。"话中不免流露出惆怅和不舍之情。一年的休假就要结束了，好像转瞬间，朱自清又要回到西南联大教书了。在朱自清生活的时代中，"著书都为稻粱谋"，对于朱自清来讲，已经是很奢侈的说法了——教书只不过是为了糊口。9月20日这天，叶圣陶到朱自清家里来探行期，知道朱自清"拟水道至泸州，搭西南运输处车辆往昆明"。21日，叶圣陶作成二律《送佩弦之昆明》。为朱自清送行，诗之一云："平生俦侣寡，感子性情真。南北萍踪聚，东西锦水滨。追寻逾密约，相对拟芳醇。不谓秋风起，又来别恨新。"之二云："此日一为别，成都顿寂寥。独寻洪度井，怅望宋公桥。诗兴凭谁发？茗园复孰招？共期抱贞粹，双鬓漫萧条。"1941年10月4日，朱自清最后一次和叶圣陶在少城公园喝酒，酒后，两人握手，郑重道别，朱自清眼含热泪地说，下次再见，恐怕要到抗战胜利以后了。8日，朱自清搭乘小船前往泸州，正式告别了成都。朱自清在船上念及叶圣陶的送别诗，也做诗二首，曰《别圣陶，次见韵赠》。

萧公权出生于1897年，1920年清华学校毕业，旋留学美国，几年后获得博士学位，曾任清华大学、四川大学等高校教授，朱自清在成都期间，和他来往很密切，《犹贤博弈斋诗钞》里，朱自清和萧公权倡和的诗作约有23首之多。浦江清在《朱自清先生传略》里谈及朱自清这一时期的诗作时，说："暇居一年，与萧公权等多倡酬作旧诗，格律出入昌黎、圣俞、山谷间，时用新意，不失现代意味。"萧公权在《问学谏往录》中，说朱自清是他"学诗过程中最可感谢的益友"。叶圣陶在 1940 年 12 月 24 日日记中云："晨得佩弦书，抄示所作《普益图书馆记》及和萧公权诗三首……佩弦和作，如'荆榛塞眼不知路，风雨打头宁顾身'，'八口累人前事拙，一时脱颖后生多'，'尽有文章能寿世，那叫酒脯患无赀'诸韵，亦可诵。"1941 年 3 月 8 日，朱自清写旧诗《得逖生书作，次公权韵》，第二天的日记云："昨夜赋诗二首和萧君，今天为此不足道的成绩颇为兴奋。将这两首诗写给浦与萧。"这里的"浦"，即浦薛凤，逖生是他的字，浦薛凤曾和朱自清是清华大学和西南联大的同事。3 月 16 日日记云："上午到光华大学访守愚及公权，守愚检查肾脏，结果尚不知道。菜甚好。尤其谈话甚有趣。公权告寅恪已就任香港大学教授，雨僧到大学。"又说"晚写诗如下"，便是这首《过公权守愚郊居》。从这些诗作看，朱自清和朋友们的情谊是真挚而深厚的，也兼有借诗作提高自己学问和抒怀自己情感之意。有意思的是，多少年之后，朱自清还把在成都的这些诗作，编了一卷诗集，作为对那段岁月的怀念。在 1947 年 4 月 14 日的日记里，朱自清云："用三小时的时间集成《锦城鸿爪》手册一卷。"

和浦薛凤的倡和时间更早，1936年10月20日，朱自清在日记里说："昨日赋诗一首：秋光未老且偷闲，裙屐招邀去看山。脚健愁峰顿清切，眼明红树忽斑斓。羲和欲乘六龙逝，夸父能追一线殷。此日诗成弄彩笔，异时绝顶更跻攀。"诗名曰：《逖生见示香山红叶之作，即步原韵奉和》。查朱自清日记，知道他们这次香山之行是在1936年10月17日下午，"我们游香山，欣赏绚烂的红叶，时间已是午后，我们一直在阴影中行走，日落前尽兴而返。是一次愉快的旅游。"和朱自清同时游览的浦薛凤回来即做诗一首，并请朱自清过目欣赏。朱自清于19日诗成。后来，浦薛凤弃文从政，在民国政府担任要职，1940年底，浦薛凤从重庆赶到上海，与从北平赶到上海的妻儿团聚，之后，又冒着极大的风险，回到沦陷区的常熟老家，拜谒父母。这次只身深入日伪统治区，倍感艰险，做了二首诗，第一首《回里拜见双亲五日拜别》，诗云："只身万里冒艰危，欢拜双亲愁别离。名位区微甘唾掷，江山摇撼愿扶持。阖家骨肉平安庆，到处烽烟离乱悲。儿去媳归代侍养，天恩祖德两无疑。"第二首《沪滨与佩玉暨诸儿女聚而复别》，诗云："湘滇独处复飞川，异地相思缱绻怜。沪渎聚欢转喜悦，乾坤混沌待回旋。匡扶邦国愧才绌，待养翁姑感慧贤。

卿去虞山吾返蜀，夕阳西落会团圆。"浦薛凤的二诗写
的极其哀伤，虽有"欢拜双亲"之喜，"骨肉平安"之
庆，但毕竟只有五天的团聚，而且爱人和孩子留在老
家，只身反蜀，怎能不悲喜交集呢？浦薛凤回到重庆
后，把两首诗抄寄给在成都休假的好友朱自清。朱自清
得诗后，深受感动。1941年4月28日，朱自清收到浦
薛凤来信，并寄来诗稿。这封书信再次引发朱自清的感
怀，思绪万千，成长诗一首，回忆了和浦薛凤、王化成
二人在清华时的友谊，仅从标题上就可知诗的大概：
《逖生来书，眷怀清华园旧迹，有"五年前事浑一梦"
语，因成长句，寄逖生、化成》。此诗虽由浦薛凤引起，
由于诗中有回忆在清华时和王化成相聚时的欢娱场景，
将此诗也抄一份寄给王化成。"满纸琐屑俨晤对，五年
前事增眼明"。浦薛凤的诗，让朱自清感觉朋友就在面
前，五年前的往事也历历在目。诗中回忆了和浦薛凤打
桥牌、跳舞等经历，赞扬浦薛凤牌技高超，舞技也"周
旋进止随鼓鸣"；回忆了王化成拍曲时的"登场粉墨歌
喉清"的英姿，夸他家除夕之夜的汤团好吃，"流匙滑
口甘如饧"，饭后更是"平话唠叨供解醒"，体会"新
岁旧岁相送迎"的除夕美景。只可惜，"五年忧患压破
梦，故都梦影森纵横"。回忆是美好的，同时也让诗人

更加的忧时伤怀。在这天的日记中，朱自清说，"写一长诗给化成与逖生"。对于出现的身体不适，又说："出现复视，怕是老年的信号，但此症状可治。曾在油灯下工作几夜，光线摇曳不定，复视可能由此引起。"依旧例，朱自清把这首长诗，也复抄一份，寄给萧公权看。还在诗前附一小诗，戏称是"随嫁"，并问萧公权"有兴肯吹毛"否？意欲让他和诗。萧公权读了朱自清的诗后，也作诗一首，《佩弦投长篇欲和未能寄此解嘲》。到了1942年6月间，朱自清到重庆出席国语推行会常务委员会会议，还和王化成、浦薛风聚会了几次。

《犹贤博弈斋诗钞》里很值得一说的，还有他在1941年8月间写给好朋友俞平伯《寄怀平伯北平》三首诗。写这组诗的起因是，周作人此时担任了伪职，朱自清知道俞平伯跟周作人的关系，怕俞平伯也跟着下水，念念之中，写诗并寄赠俞平伯，是带有事先打预防针并劝阻的意思。第一首"明圣湖边两少年"是回溯当年少年时的意气风发，情景交融，十分动情。这种特殊时候的回忆，表达的并非文人雅士平素酬唱的一般情感，而是暗示一种心存光明、理想，不被恶环境影响和屈服的一种意念。第三首更为直白了："忽看烽燧漫天开，如鲫群贤南渡来。亲老一身娱定省，庭空三径掩莓苔。经年兀兀仍孤诣，举世茫茫有百哀。引领朔风知劲草，何当执手话沉灰！"这一首诗，更是写出了朱自清能够深切地体会俞平伯苦居北京的现状：虽举世茫茫，仍能"兀兀孤诣"，如劲草般"引领朔风"。俞平伯能在日伪统治下坚持洁身之爱，和这三首诗也有一定关系。

朱自清一生所作旧诗，大都经他亲自挑选，分别编进了《犹贤博弈斋诗钞》和《敝帚集》中。从两本诗集中所收的旧诗看，朱自清的旧诗创作，大概集中于两个时期，一是他到清华的早期，因教学需要，开始了大量的拟古诗的创作，一直到 1930 年左右才略有减少。第二个时期，就是在成都休假的一年多时间，和友人间倡和了许多旧诗。

在朱自清生前，《犹贤博弈斋诗钞》没有出版。此次收入"朱自清自编文集"，是根据常丽洁校注的、人民出版社 2014 年 6 月出版的《朱自清旧体诗词校注》本中的《犹贤博弈斋诗钞》为底本，参照《朱自清文集》编校而成的。

陈　武
二〇一八年四月二十三日于燕郊